현대시세계 시인선 144

불친절한 오후가 향기로울 때

배정숙
시집

불친절한 오후가 향기로울 때

배정숙
시집

도서출판 북인

시인의 말

이제
무엇을 어떻게 해야 하는지 생각한다

기왕 살아 있으므로
마음을 결박하는 감정들과 끝임없이
화해하고 타협하는 일이 옳다

제발 슬픔과의 적당한 화해로
하루하루 무심의 낱장들을 떼어낼 수 있기를

맞서서 대들면 가슴이 더 아파지니 말이다

2022년 가을
배정숙

차례

2부

3부

4부

1부

결핍의 태胎

남기고 온 말이 있어서
자꾸만 뒤돌아보는 곳
불러보면 혀끝으로 침 대신 찝찔한 액체가 솟는 곳

납작 엎드려 낮아지던 초가 위
식솔들 머릿수만큼 매달려 뒹굴던 박 덩어리들
박 넌출 같던 아버지의 힘줄
그 위로 피어오르던 쇠약한 연기

채전에서 꿈꾸던 배추흰나비의 허름한 비상이 타고 앉은
메마르던 태胎
어르고 달래던 고작 그 날개
겨울도 다 가기 전에 득달같이 달려들던 봄날이 바닥나고
빠듯한 그늘에 옹기종기 얹어놓던 곤한 발들

꼿꼿하던 토담을 반쯤 헐어 새들이 자유다
언제부터 이렇듯 그리움을 풀어 새들을 키우셨는지

새들은 오늘도 빈집에 가부좌한 적막을 쪼아서
개망초꽃으로 뱉어놓았다

걱정이나 원망 섞인 잠꼬대처럼
까치발로 서 있는 길에 자갈자갈 깔아놓았다
어릴 적 지극히 입고 싶었던 노란 호박단 저고리 대신 입혀서
포근포근 목화솜 둔 저고리 도련 같은 길에
벌써부터 마중 나와 서 있다
눈에 삼삼 밟히던 계란프라이 한 상 차려 들고서

덕분에 이 길은 쉬 찾을 수 있지만
친정집 등 굽은 양철대문 앞에서는
설핏 숨결조차 글썽거린다

달의 현주소

가쁜 숨을 몰아쉰 후에 그들만의 암호를 해독할 수 있지
투명한 상처에 날개가 돋아 어젯밤에 꾼 꿈과 아귀가 맞아떨어질 때 그들은 찾았네
천사의 날개를 암호로 남기고 절반만 가지고 사는 법을

그래도 그곳의 벽화는 동그라미부터 시작한다지
아침 열 시에도 둥근 달의 얼굴을 보는 동네니까
좀 부족하긴 하지만 부지런히 둥근 두레밥상을 차려서 푸짐해지는 법을 알고 있으니까

몸은 벼랑 위에 있지만 마음은 낮은 곳으로 내려가 철썩철썩 빈 바람만 가두리에 절이던 사람들
물메기 코 꿰어 비득비득 말리던 그 자리에 내걸린 자신들을 보네
가난도 갈고 다듬으면 상품이 된다는 것에 쓸쓸히 웃네

가끔 늙어버린 어제의 안부가 궁금하지만 그곳에서 멀어지려고 골목 끝에 서보면 문 밖엔 새와 박쥐가 장군과 물고기가 동백과 고양이가 죽은 것도 산 것도 아니네
그들은 주술에 걸리듯 셔터 속에서 하루에 많게는 수백

번 생명을 얻네
  걸음마를 익히기 전 이미 바다를 알던 사내는 필요 없는 이두박근을 거세하고 비릿한 관절을 말리던 노파는 창문을 닫네

굼뜨게 달의 목마를 타던 골목이 기억하는
조촐한 초상
더러 바닷물이 나란히 누워 등을 쓰다듬어주는
도로명주소보다 더 정확하게 혀에 달라붙는 이름 달동네 동피랑

등식이 성립한다

씨줄 날줄 아니면 가로 세로 줄
끊임없이 몸속에서 이루어지는 퍼즐 놀이다
친구의 숙제처럼 대신해주지 못하는 철저한 역할 분담
당신이 지금 뭔가 불편한 것이 있다면 그것은 헐거워진 나사 때문이다
이만큼 썼으니 차로 친다면 오래 전 폐차 감이다

하지만 내구성이 경이로운 시계가 있다
인체의 정중앙에 떡 버티고
세상 밖으로 나를 던져놓은 일등공신이기도 한 배꼽에 붙어
하루 세 번 따박따박 알람 고지서를 보낸다
습관성 체납이나 장기간 체납자는 과태료를 은행에 내지 않는다
수리도 시계수리공에게 맡기면 안 된다

체면이나 위선과 관계하지 않는 정직함과
단순하고 소박한 니드NEED다
그마저도 채우지 못했던 아픈 기억을 잊지 않는 걸로 봐서
속쓰린 뒤끝은 있다

뇌를 거치면서 금이나 은이나 흙이 나의 도구를 사용하고
눈물을 개입시킨다

아무리 막다른 골목에서도 이 종교를 부정한 이
무릎을 꿇지 않은 이 있겠는가
우러르는 까마득한 높이의 종탑

생과 삶과 밥
그들의 관계
그것의 무게는 배꼽에 붙어 있는 게 아니라 어깨에 얹혀
있는 것이다

2 대 8의 구조

그래도 그렇지 5 대 5는 시비를 안 하겠지만 아니 3 대 7만 되도 2 대 8 너무 기운다

무화과가 익는 불현듯 향기로운 계절이다
연붉은 속살의 소소하고 작은 떨림 첫 고백이 달콤하다

그러나 어쩌면 이리도!
농익어 먹을 만한 열매는 무차별적으로 다 찍어 발겼는지 허공만 품고 날던 무소유의 새들에게 이런 성깔의 부리가 있었다니
아침마다 손에는 열매 한두어 개뿐 바짝 약오른 입에 욕설만 주렁지다 완전 풍년 흉작 찌질한 밥그릇 싸움이다 독식은 고사하고 맞장도 고사하고 차포 떼고 장기 한판이니 잘 해봐야 여덟을 주고 둘을 가져오기다 어떤 날은 보란 듯 찍어대다가 뽀로롱 메롱 도주하는 현행범도 보지만 어쩌겠는가

새들이 탁월한 후각과 시각의 생존세포들을 타고난 것이 섭리겠지만
우리는 두 식구인데 자연에 기댄 목숨 가진 것들의 식솔

은 셀 수도 없겠지만 꽃도 없이 마디에 열매를 달아준 신령한 자연을 빌려서 키우고 익혔다지만

심고 거름 주고 풀 매주고 그렇게 곰이 넘은 상당 부분의 재주는?

이것이 분배에 대한 정의이며 황금비율 지분에 대한 입장 차이라 하니 눈을 흘기기 전 그저 퉁쳐서 타당하다 하자 그렇다 하자

한솥밥에 숟가락을 얹는 식구들끼리 공손할지어다

아침마다 무화과학교 계절수업에 든다

어떤 스무 살

어떤 꽃도 내게로 오지
어떤 나도 꽃이 되지

계절풍이 지날 때는 수시로 그림자를 바꾸며 이름에 여러 번 덧칠하고 거칠 것 없이 낄낄거렸네
가끔씩 옮겨본 물결의 족적으로 바다를 정의해주지 못했고 줌을 당겨도 밀어도 좀처럼 잡히지 않는 그 무엇이 궁금했을까

눈에 핏발을 세워 꿈의 수차를 돌리는 걸 소풍이라 이름했네

퐁퐁퐁 물방울이 분명 병 밖으로 나왔는데 왜 빈 병 속으로 물이 차는 것인지 궁금했던 어릴 적 냇가에서의 놀이를 기억해낸 것은
어떤 스무 살이었는지
그 가벼운 공기마저도 자리를 비워야 물이 채워질 수 있었음을 얼추 알 듯했던 것은
그로써 뜯어고친 별의 모양으로 함부로 세상과 내기를 걸었던 죄가 두려워 다시 그것들의 낱장을 하나씩 뜯어내

던 것은
어떤 스무 살이었는지

가을이 올 때쯤 여행길에는 심지어 눈썹도 짐이 된다며 돌아온 어떤 스무 살의 부르튼 발이 무성하게 달았던 초록 잎을 곱게 단풍 들여놓았는지

제 무게를 거두어 떨구는 오색의 기행문 하나씩 책갈피에 끼워넣으며 어떤 스무 살 소녀가
다시 맞을 봄의 푸르름을 꿈꾸는 것인지

황소고집을 다스리는 일

어지간한 욕설로는 다스려지지 않는다

돌아선 게 문제였다 지워지는 기억이 새로운 생각과 만나는 이 위험한 시간 동안 시나브로 곯다가 쫄다가 눋다가
골과 골 사이에 잡고 있는 마지막 의식意識까지 까맣게 타버려 건망증의 두께로 눌어붙은 황소고집
이것을 벗길라치면 다양한 도구가 필요하다
선봉장 철수세미에 세제보다는 나를 향한 욕설을 훨씬 더 많이 묻혀야 문지르는 팔에 힘이 실린다 욕설의 효능이다
나를 용서하지 마옵소서 통성기도로 박박 비비는 사이 조금씩 드러내는 속살 눈물처럼 반짝인다 시퍼런 원망으로 통한의 의식을 치르고 보니 뒤에 서서 어깨를 들썩이는 여자가 차마 가여워 콧마루가 시큰하다

뽀사시한 속살의 푸르른 젊음은 어느 결에 건망증처럼 스쳐 잊었는가
어느 골목에서 너를 놓치고 말았던가
어느 갈림길에서 또 다른 너의 손도 놓아버렸던가
사용했던 봄의 지도를 복원할 수 없다 복원은 고사하고 낯익은 지도도 해독하지 못하는 날이 올까 두려워지는 것

이다

이렇게 찡하고 지독한 냄새가 오랫동안 자꾸만 나의 실수를 들춰내고 나는 찌그러져 당분간은 곰국을 시도하지 못할 것이다

도깨비바늘 바늘귀 꿰기

늦은 나이 앞태 고운 대처 아내를 맞은 잔치는 흥청거렸다

꽃봉오리 같은 시간이 얼마나 흘렀을까 살구꽃은 흐드러졌는데 문드러지는데 안개가 에둘러서 자욱했다
점점 한해살이풀로 하루하루를 넘겨가는 그녀 뒤로 모자母子는 허리가 휜다고 시큼하고 쌉쌀한 말들을 혀 밑에 굴리기 시작했다

동네 사람들 입방아가 싸구려 분 냄새처럼 짙게 날리고 그것을 버릇처럼 처바른 얼굴만 기세 좋게 떠다녔다
배추밭이나 콩밭을 쌩하니 지나쳐 읍내로 나가면 사소한 듯 대낮 같은 얼굴에 어둠을 묻혀 들어오곤 했다

해묵은 평화의 기울기는 우기와 건기를 되풀이하고 거꾸로 된 가시가 남자의 멱살에 박혀 빠지지 않았다 삐뚤게 닳아버린 구두 뒤축이 번번이 아슬아슬하더니 홀린 듯 헛발을 내디딜 적마다 풍문에 미끄러졌다

드디어 그 집 울 너머로 도깨비불이 조화를 부리고 핏대가 곤두서서 바람 잘 날이 없었다 웬수덩어리가 구르고 왕

신단지가 날리고 골칫덩어리가 물귀신처럼 달라붙었다

애꿎은 장작더미만 바싹바싹 말라가고 남자의 소나무버걱 같은 마음이 떨어져 타닥타닥 타들어갔다 냇둑에 엉겅퀴꽃이 가시를 세우고 있었다

그날의 야시시한 불빛에 씌워진 콩깍지 때문에 발등을 찍었다고 남자는 소주잔 따위를 기울였다 자신의 그림자가 혓바닥에 달라붙어 씀바귀보다 소태맛으로 환했다

바짓가랑이에 달라붙어 따라온 도깨비바늘만 이번엔 바늘귀 제대로 꿰었다고 나풀대며 비단옷을 걸친다

은하수 게놈

가시 같은 밤이 있었다
별의 본적지를 맨발로 수소문하던 그 밤

소녀가 갖고 싶었던 가장 세련되고 멋져보이던 이름
배우 같은 이름 은하

밤을 잊은 그대들에게 자정에 속삭여준 DJ의 자정력이었는지
은하의 하류는 다녀간 발자국들이 청정했다
오렌지 같은 낭만의 퇴적작용
층층이 다른 색깔과 다른 두께의 퇴적층은
물음표에 간을 맞춰준 하얀 소금사막이 되어
오롯이 밤하늘을 올려다본 젖은 눈동자들의 땅이다
별밤과 결맞춤한 그들의 몫이다

이쪽과 저쪽을 밟고 선 흑백의 시간에
맞은편 세상의 색으로 징검다리를 놓아 건너던
은하수
우리의 아이들은 은하철도 구구구를 타고 멋없이 오갔다

쓸쓸하던 당신들이 박아둔 꽃별 같은 아픔들은
삼각주 찰진 땅에 무엇을 심어 어떤 꽃을 피웠을까
뭉게뭉게 목화솜 피워
맺어지지 못했던 사랑의 통점을 싸맸을까
세월의 역방향으로 삼키던 울음의 까칠한 목울대를 감싸줬을까
멸종 위기에 있는 고전적 사과나무를 심어
무뎌진 침샘의 새콤함을 깨워주었을까

감꽃같이 떨떠름한 어제의 자리에
홍시 같은 내일을 비춰 강물이 붉게 빛나던 그곳
새벽 풋별들의 기름진 꽃자리

합일

할머니부터 그렇게 시작했다

오래 가물었다
다리를 받치고 긴 문장으로 철철 흐르던 물
수심의 단위는 푸른 색의 농담濃淡으로 표기했다
물이 다리의 허벅지를 껴안았는지 허리를 안았는지
다리가 물을 업어서 가는지 걸려서 가는지
그 또한 푸른 색의 농담濃淡으로 알았다
가문 날 다리의 수직을 지탱하느라 끙—

어머니도 그러셨다
작은 일도 오래 머뭇거리고서야 해결할 그때부터
끙— 소리가 무릎을 실어날랐다
대퇴근으로만 서고 앉는 것이 아니었다
끙— 소리의 도움으로 몸을 일으키고 앉는 일
적당히 모아서 합하고 평평하게 나누시던 엄마
합일하는 도를 닦은 어머니의 자세였다

볼 장 다 본 저 게으른 늦가을 볕과 나락을 말려주던 까슬
까슬한 바람이 굽은 등에 사선으로 침을 꽂는 시간

하늘 호수 맑은 물에 이불 홑청을 뜯어 헹굴지 등에 꽂힌 담보 없는 빛에게 빚을 갚을지 손등에 튀어난 힘줄 같은 두려운 고백을 보여야 할지

잃어버린 것과 주워온 것들 도미노처럼 쓰러진다 뒤집어도 반짝이는 은사시나무 밑으로 가자

툭 튀어나오는 소리 끙― 고요를 손질하던 산국이 흔들린다 떠내려온 그들의 저녁과 내가 영락없는 하나가 된다

이상고온

남아 있는 고백이란 고백은 모두
아이스크림 속에 넣어 녹여먹었는데
풍선이 두둥실 날았다

세기말 얼음호수에서도 불꽃이 튀는
돌아갈 수 없는 탕아의 맨발

시간은 빠르게 방전되고
말랑한 풋내기가 쏟아내는 웃음소리에서 단맛이 흘러서
눈을 뜨지 못했다
그래서 웃자라던 한해살이풀이
함부로 뜨거운 태양 앞으로 다가갔을 때는
위태로웠다

이미 불 지펴버린 열병 바이러스
마셔버린 황홀한 독배
속수무책 목이 마르고
오직 한 가지 색깔의 편식증 때문에
가끔 토악질을 하기도 했다
냉큼 입을 열지 않는 꽃송이 백약이 무효였다

구름의 정지 화면 속에서 태양이 오랫동안 자유롭게 끓었고
제철인지 모를 사랑
어쨌든 입안에는 헤픈 군침이 돌았다

청개구리우물에서 눈물을 거래하다

슬픔 삽니다
슬픔을 다 써버리고 나니 갈대무리 너머로 노을이 더욱 붉어집니다

살구꽃 같던 새댁은 샘물을 펑펑 지천으로 길어 썼다는데
뜨거워야 할 때 뜨거워질 줄 알았던 그때 담 밑에 쪼그리고 앉아 몰래 버리기도 했다는데
그 우물가 능소화가 하늘에 불을 붙이면 불춤으로 세월을 달였다는데

어젯밤에 마당가 돌확에 쏟아놓은 한 보지락 봄물에 화악 뜨는 돌확의 눈동자 촉촉하게 하늘까지 들여놓았는데
파삭 무논으로 대는 보습 깊이로 기름 자르르 흐르는데 뻐꾸기의 성대는 가뭄 때문에 그냥 까칠합니다 고추냉이를 먹어도 눈물이 없는 쇳소리만 납니다

청개구리 심사입니다
슬픈 것에도 기쁜 것에도 동의하지 않는 샘물
그 샘이 마르고 나서야 심장이 차가워진 것을 알았습니다
발바닥에 굳은살을 만져보았습니다

단지 독이라고 여겼던 눈물마저 말라버린 뒤 내 몸 안에 사는 나쁜 사마리아인들이 가난해진 눈물을 요구합니다

중지나 검지에 침을 발라야 한 장씩 넘길 수 있는 퇴행성 자서전 때문입니다 그러니 필요한 만큼만 빌려주세요

— 눈물약 한 달 분입니다
간호사 손에 들린 저 사무적인 눈물
약봉지 안으로 할머니께서 사라지신다
부적 하나 지니시고

혀에 박힌 가시 빼기

남편에게 내뱉은 갈라진 목소리가 팽팽하던 오후에 함부로 내달리는 길 길어지는 혀를 깔았다

흔들리던 갈대가 쓰러진 방향은 오늘의 반대편이었을까
식물도 인간도 아닌 식물인간처럼 누워 미동도 없는 가을
언덕은 모래를 휘몰아가는 바람과 일 대 일로 맞장 뜨고 있었다

바람이 저만치에서 허공의 멱살을 흔들면 낮은 시나 낮은 라 정도의 오카리나 소리로 살그머니 말문을 열어 출렁이는 바다와 수평을 맞추고 절벽 끝에선 슬며시 눈 감고 입 닫는다
각 잡힌 감정을 생략하는 저들의 동행

띄엄띄엄 해당화꽃 지는 슬픔의 내막을 어중간한 초겨울의 햇살이 보듬으며 바람의 각도에 리듬을 넣어주는 곳
깎아내리는 사구의 늑골이 걱정스러울 때만 딱딱한 모시조개도 실눈을 뜨고 살피는 곳

내년 여름밤의 방울토마토 같은 맨 발가락들을 상상하며

침묵을 얼렸다 녹였다 깜냥껏 치유하는 신두리 사구
사구의 혀를 둥글게 다듬고 있었다

눈과 손의 시간 차

몸보다 먼저 도착하는 것이 눈이다
손보다 먼저 촐싹대는 것이 눈이다

지슴*이 무성하게 난 밭머리에서 눈이 한숨부터 짓는다
이 많은 지슴을 어떻게 매나
경솔한 땡볕이 끼어들고 부추기면서 간섭한다
물론 나도 이들과 한패다

어쩌나 염려하는 눈이라면
놔둬라 내가 하마 감당하는 손이라신다
어머니의 밭머리 가르침이시다
어머니는 든손 손과 한편이다

눈꼴사나운 역겨움과 쉬 합의하기는
눈 감아버리는 것 나의 묵인이고 회피다
쓸고 닦아 빛나는 창을 내는 것 또한
말 없는 손과 어머니의 헌신이다

잘못하면 예각이고 많아 봐야 반쪽을 보는 나
유일하게 원을 그릴 수 있는 어머니

나는 눈이고 어머니는 손이다

눈은 언제나 볼꼴이라는 어젠다를 쏟아내면서
눈부신 것만 환영한다
찰나에 곡선을 그리는 것은 기대하기 어려우니
반대쪽으로 착시가 일어날 무렵
걱정 말고 놔둬라
손은 행동으로 보여주는 방책이다

얇은 눈을 보듬은 두터운 손의 수고로
오늘도 나는 허물에 걸려 넘어지지 않았다
어머니가 밭을 떠나며 내 손에 쥐여주신 알곡이다

* 잡초의 방언.

잔고

오르막 골목 끄트머리 양철대문에 붙어사는 자벌레 한 마리
지질이도 흉물스런 굽은 등으로 저물도록 쓸모없는 마름질이다

햇살은 언제나 무지개 밖으로 굴절되므로 관절염을 앓는 손은 쉽게 골절되고
비틀비틀 속 빈 마을의 입술이 건조해질 때 이 빠진 철대문은 주르르 녹물을 흘린다

진종일 동냥한 인기척은 언제나 거미줄을 빠져나가 골목 밖에만 있으며 바람에 섞인 성당 종소리만 환청처럼 어쩌다 한 뼘이다
몇 자나 되는지 누구도 알려고 하지 않는 비루한 마디의 구조 혀끝에 피는 푸른곰팡이나 주름 사이 저승꽃만이 머리맡에서 만개한다

생명 있는 무생물로 위장한 보호색은 위태로운 생을 견뎌내는 방법
삭정이 한 마디 웅크리고 앉아 한 뼘 한 뼘 내고 있는 저

길로 외면하던 슬하의 것들이라고 어찌 가지 않으리

입춘 지난 어느 날부터 비어 있는 대문 앞 그 자리
포기하고 툭 떨구어 남긴 꽃게의 붉은 집게다리
녹슨 대문에 기대놓은 지팡이

저 덩그런 잔고

지금은 어느 골 깊은 산 박새 새끼와 밥을 나누는지 눈을 맞추는지
텃새들이 물어오는 기척을 텃세로 받아 오래오래 통장의 잔고를 늘려가겠네
독거하지 않겠네
발그레 따슨 심장 다시 돋겠네

끝물

톡 튕겨 가출하기에 제격이지만
웅크린 꼬투리 속 가을은 북쪽으로 기운다
햇빛이 헐렁해진 적삼을 벗어 걸고
도톰한 갈음옷 갈아입으니 동짓달 초순

태양신에게 받은 포도당
그 시간의 단맛을 기억하는 꽃잎은
드문드문 안으로 파고들고
노산에 젖배를 곯은 왜소한 늦둥이가 머물기에는
너무 큰 집이어서 정수리까지 피가 돌지 못한다
줄 수 있는 사랑의 한계다

미치지 못하는 탄생의 시제
핏대세우고 다른 핑계를 찾을 일 없이
거쳐간 모든 것의 그림자로 짙어지는
쓸쓸하지만 편안한 희나리다
딱딱해진 쭉정이로 한 물에 섞인다

채울 것과 채우지 못할 병약한 것들의 배열로
만물은 빛이 났고

빈 자궁 속에서 더는 여물지 못하는 붉은 수숫대의 허허로운 속내
곳간엔 간절함 외엔 들여놓을 수가 없다
가출도 없고 귀가도 없는
후렴만 들어 있는 것들
가난한 말씀의 진액 한 방울

2부

누렁이의 전원일기 1
— 세시歲時

나를 낮추는 명절이다
정월대보름
소리만으로도 맑고 신성하여
만월에 양 손을 모으는 겸손으로 시작한다

조리 안에 김으로 고이 싸서 밥복을 넣어놓고
욕심은 금물이니 조리만큼만 부뚜막 조왕 중발에
쌀복을 일어 담겠나이다
우물신께도
뒤지신께도
며늘아기 삼신께도
아무 부정도 왕래하지 않은 꼭두새벽에
오방색의 오곡진지 산나물과 올리오니
납시신 성주신님도 보름달만큼 배불리 드시고
가신家神님들 소례를 대례로 받으시어 부디 살펴주옵소서
음양 간에 두루두루 무구안택 살피소서
장독대에 올린 정갈한 축원의 정한수에 대보름달이 들어 찬다

우직한 머슴이 아홉 번째 부려놓은 나뭇지게

노가지나무 타닥타닥 아궁이에 액운을 태운다
초저녁 내내 횃불 돌리던 아이들
열나흘 밤 눈썹 셀까 버티다 기어이 잠든다
알밤을 깨는 새벽
마당가 반시 감나무에게도
오곡 찰밥 먼저 진상하고
밥상에 둘러앉아 귀밝이술 돌아가니 바지런한 대보름의 해가 밝는다

해 오르기 전 나도 멍멍 옆집 검둥이를 불렀다 왈왈 대답했겠다
냉큼 내 더위~ 하고 팔아치웠다
올여름 더위가 한결 가볍겠다

누렁이의 전원일기 2
— 보릿고개

쌀 뒤주 바닥바닥 진저리치는 저녁 동자
해토머리* 살림살이 초련 풋보리도 까마득한데
독 낸 곱삶이로 걸신들린 고개를 안쓰럽게 넘는다

앞산 진달래 가난처럼 붉게 피었다가
궁핍하게 시들고
채소보다 푸성귀가 더 싱싱한 날
뱁새덩굴나물이 삐죽삐죽 끼니마다 풀빛이다

배꼽시계 꼬르륵 기별이 분분한데
흐드러진 웬수놈에 이팝나무꽃은
왜 지랄같이 턱 닿게 고봉 한 사발인지

들배지기 한 판에 한쪽 다리 번쩍 들어
안다리걸기로 냅다 지구를 까넘기고
벌떡 서서 으름장놓는 감자싹

부황든 초저녁달 저물도록
백이 겹저고리 앞섶 가득
감자알 여무는 소리

나는 할 일 없이 누렇게 뜬 초열흘 달에 대고 가끔 짖었다
컹컹 꼬르륵 속 빈 소리가 났다

* 얼었던 땅이 녹아서 풀리기 시작할 때.

누렁이의 전원일기 3
—곡우穀雨

윤 초시네 초상에 곡비가 생각나는 것이다
오일장사 밤낮없이 마른울음 울어젖힌 그 곡비의 눈물이 오늘 도착했다

낙종한 볍씨를 불리고 반지르르 적셔
무논에 못자리 기름지다
물배를 채우고 트림하는 꼴을 보니
낙종한 곡식이며 품고 있는 흙이며 싸잡아 포만이다

엊저녁 꿈에 모란도 보았겠다
동화 속 예언자의 구체적 풍년 점괘는 믿어도 되겠다

그뿐이겠나
곡우사리 바다는 환하디환해서 한물에 밴 새끼들로 배불러온다
그물에 걸린 조기들의 뱃속이 씨앗으로 가득 차
조기새끼 자라는 소리 들물에 밀려온다

혹자는 혀가 부드러워졌으니 집어등을 매달아
과거를 고백하듯 새끼들을 뱉어낼 것이라고

윤슬에 뿌려놓을 거라고 했다

거사를 모의해놓고 짧게 봄이 지나가는 길
젖배를 곯으면 약질이 된다고 보채는 애들아 그만 좀 징징거려
백곡들아 옜다 젖꼭지 물어라
약비 강림이요

난 논둑길 새콤한 빗속을 마구 달렸다
누렁아~

누렁이의 전원일기 4
― 다음 빈칸을 채우시오

자 ― 판을 펼쳐봐요

엊저녁 밤새 못물 받은 물꼬인심이
두렁 가득 찰랑찰랑 넘쳐나고
다랑치까지 논물 가득 써레질하니
꺼칠하던 봄 들판이
이제야 기름 자르르 흐르는 것을

접시꽃 접시 접시 붉은 혓바닥 노란 목젖을 꿀벌한테 물리고
찔레꽃 옥양목 적삼 앞섶에 백옥 같은 이슬
정녕 봄이 찍은 방점이 맞다

어디를 밟아도 파란 자욱이 생긴다 했더니
논바닥에 깔아놓은 하늘을 밟고 버드나무 거꾸로 서서
유유자적 천수다라니경

자― 또박또박 주문을 들어봐요

마른가리 갈개* 메는 아버지의 한시름 놓은 삽질 소리와

청보리밭 바람과 천석지기 뻐꾸기 울음 넣고
푸지게 비빈 한 끼씩 못줄 넘어가니
다 맞는 답으로 빈칸이 채워진다

질펀한 의식을 치른 들녘의 조석상은 좀개구리밥이 고봉이니
이미 배부른데도
개구리는 막무가내 쌀점을 보네요
점괘가 궁금한 초저녁달이 개구리 무릎 앞으로 간곡하게 다가앉아요

찰빗물 가득 담긴 내 밥그릇 안에서는
아무 자리나 들어앉아도 다 알맞다고
모란이 후덕하게 벙글기 시작해요

* 논에 땅을 얕게 파서 만든 가는 도랑.

누렁이의 전원일기 5
— 겉보리 진술陳述

눈이불 덮고 숨죽이며 북풍을 견디는데 난 혹독했고 사람들은 눈이 많아 보리풍년일 거라 점쳤고 소한이나 대한이도 그 이불 속에 발을 디밀었다고요
까칠한 성품이라 말하지 마소
유월 고개를 넘는 사람들의 허기를 채워주려 했소 그래서 내가 가진 뼈마디는 비우고 내 꺼럭은 역행이 없었을 뿐이오

유월도 막바지 자리개질* 소리가 반가운 이유는 마른 봄판 내가 영글기만 목빼고 기다린 사람들 때문이오 그래서 자리개에 묶여 절구통에 내리치는 들러당마당질이 난 두렵지 않았소
아무 죄 없이 사정없는 패대기질을 견디는 절구통이 좀 안쓰럽긴 했소 허나 나도 이삭에 붙은 마지막 보리 한 알까지 떨구느라 상도리깨** 매질로 뒤적뒤적 빈틈없이 맞았소 이를테면 매타작이란 말 있잖소 이글이글 땀범벅된 농부들은 껄끄러운 몸도 아랑곳없이 힘도 좋습디다

펄펄 끓던 해가 서산을 향해 눈이 풀릴 즈음 죽가래***질로 바람에 디린 내 몸이 검부러기 모두 빠져나가 개운했지

만 채전까지 날려간 까끄라기 부스러기가 배춧잎 사이에 쌓인 건 내 죄가 아니오

아이스께끼 얼음과자— 소년은 농부의 갈증을 잘도 짚었소 갓 타작한 나를 개시하는 물물교환이 있었는데 보아하니 내 몸값은 헐값인 듯했으나 나에겐 꺼럭더미 속에다 굽는 감자 익는 냄새만 죽여줬소

그 냄새에 얼음과자 녹듯 침을 줄줄 흘린 죄는 있소 하지만 마당귀퉁이에 매인 누렁이도 나처럼 침을 줄줄 흘립디다

여름이 익어서 무척이나 더운 날이었소

*곡식단을 자리개로 묶어 타작하는 일.

**낟알을 터는 기구 도리깨로 앞장서 깔린 곡식단을 뒤집어주는 이.

***곡식을 터서 바람에 검불 부스러기 등을 날려보내는 데 쓰이는 농기구 넉가래의 방언.

누렁이의 전원일기 6
—참척

봄부터였다 옥수수가 긴 칼을 옆에다 차기 시작한 것이
꽃을 머리에 얹고 벌을 부른 것은 그로부터 얼마 후의 아침나절, 모양새 같은 것은 안중에도 없이 무조건의 사랑을 후렴으로 달았다
생의 발아는 그곳에서 비롯되었다

초록은 짙어지고 무사가 되어가는 엄마는 용감해져서 보름으로 치닫는 밤마다 하모니카의 완성곡에 별을 쏟아부었다 세뇨* 내일 밤도 다시 세뇨 바람도 소나기도 뜨거운 태양도 그 앞에 순하게 둥글었다

대추나무에서는 대추꽃들이 꼬몰꼬몰 물물이 피고
거기 붙은 매미가 득음을 향해 열렬히 울어대고
고추는 주렁주렁 여름의 전모를 붉게 표현했다

오전이나 오후나 무르익어 그렇게 물렁해진 여름 안채에서 옥수수 찌는 냄새가 등천하고는 그 길 이후의 행방은 묘연했다
초록잎의 결기가 말라비틀어지는 몇 날을 보고 말았다
느닷없이 거두는 저린 생 옥수수의 시든 빈대를 보았다

서걱서걱 울음소리를 모성 안에 가두었다
그렇다면 바닥을 파고들으며 생을 지탱한 것은 뿌리가 아니라 품었던 새끼였음이라
대신 가장 무거운 업장으로 가장 참혹한 그리움을 품었음이라
서슬 퍼런 비수로 품었음이라

나도 그날 밥그릇에 입도 안 댔다 주인양반 짐차 밑에서 비명횡사한 내 새끼는 뼛속까지 아픔이다

*악보에 쓰이는 기호이며 '반복하기'로 사용.

누렁이의 전원일기 7
— 휴休

음력 七월

1
호박 줄기 애통터지는 헛꽃 속으로
비몽사몽 여우비 지나가고
하늘에 풀 뜯는 양떼 한 무리
목자된 낮달 오수午睡 한나절이 한가롭다

2
어정칠월 싸리그늘 빌려 사는
집 없는 달팽이는 태생이 문맹이라서
칠월의 길목을 게으르게 지나는
알몸이 육필이다

3
삼복도 다 지낸 베잠뱅이 속으로
깔따구 덤비는 저녁참에는 체면이 대수냐
발가벗은 무당개구리가 둠벙 속으로 풍덩
소금쟁이 물방개가 엉겁결에 줄행랑이다
수런수런 여름의 경계가 흩어진다

4

말잔등 비껴서 지나가는 비에
때 모르는 무녀리 제비꽃 하나 손톱만 한 하늘 아래로
보라색 행간이 숨차다

5

쥐어바른 열매 솎아내기 삼매경인 감나무
젖배 곯은 풋감을 툭 내 밥그릇에 떨군다
난 앞발로 끌어내서 팔월로 밀어버렸다

누렁이의 전원일기 8
—처서

화무십일홍이라 했던가
잡풀들이 영역을 넓히지 않는다
호미걸이에 호미를 가지런히 꽂는다

달빛이 요요하여 밤공기가 서늘하다
꽃들의 저녁이 씨방 쪽으로 기울기를 기울이기 시작하자
새들이 강 건너에 있는 새끼들을 둥지에 불러들이고 쪽창만 남긴다
매무새가 가뿐하다

해 저물녘은 뜸들어가는 저녁이 더욱 처처하여
풀어헤쳤던 아이들의 단추를 여며주고
들끓던 여름 벌레들이 돌아와 자리를 잡는 것은 합당하다

장마에 젖은 미물들이 날개를 펴 말리기 좋게 햇덧도 아직은 좋다
어정어정 한 마디 관절을 잠시 쉬는 시간에
꽃 같은 복숭아는 볼때기를 야리야리 붉힌다
엊저녁에 팬 찰벼이삭에 벼꽃들이
두레밥상에 열두 남매처럼 매달린다

거처로 돌아오는 이
거처로 돌아가는 이
떠나는 그와 돌아오는 이의 안부를 섞어 묻게 되는 날이다
쓸쓸하거나 찬란하거나

백로白露가 여름 깃털을 정리하고
날아올 준비를 마친다

아침마다 놀러오던 발발이 개도 요즘 뜸해졌다
나도 서둘러 털갈이를 해야겠다
올겨울은 왠지 추울 것만 같아서

누렁이의 전원일기 9
—백로白露

귀에 익은 날갯짓 소리
당신이 날아오실 줄 알았습니다
여름 농사에 지친 텃밭의 농부가 가장 먼저 아는 체합니다

단물든 이슬이 언뜻 손등에 떨어졌는데
첫물 국화 향기에 엎어져 아침내 입덧하는 당신을 보았습니다
뭇 생명들이 영그는 소리 모조리 당신의 자궁 안에서 크고 있습니다
홀로 깊어지면 갈색의 손바닥에 몸을 풀겠지요

바다가 뒤집어지던 팔월의 천둥 소나기라든지 태풍의 진로에 밑줄을 그어주던 물뱀이라든지 단청 밑에서 한나절 비를 그은 목어의 지느러미까지 당신의 무릎을 베고 누워 편안한 안식에 듭니다

햇덧 없는 구월에 다랑이논 벼이삭들은 서둘러 나락을 익히고 새들이 낯익은 길을 찾아떠날 때 뭇 텃새들도 겨울 먹이를 준비하느라 서두르는 날개가 빠근합니다

무채색 사랑이거나 그 기억이거나 기어이 매달린 풀잎에서 글썽거립니다
찬이슬을 명치끝에 꽂고 떠나갈 방향을 봅니다
그러나 떠나도 떠나지 못하는 아름다운 이별의 속내
붓에 이슬을 찍어 당신의 이름을 씁니다
백로

누렁이의 전원일기 10
—가을걷이

탁배기 저녁곁두리 때도 저무는데
벌레구멍 숭숭한 배추 소갈딱지
출출한 허기는 언제 채워지나

맘 급한 동동팔월 그믐께
홀로 저무는 노을 잡고 속눈썹 긴 구절초
이유 없이 붉은 시비를 혀끝에 달았다
막 시작한 낙화 히스테리다

맘껏 배 채운 껄밤송이만 결국 입 열었다
받아먹은 죄 까발려분다
바람 한 말 햇빛 한 가마 빗물 한 동이 구름 이불 한 채
녹두 꼬투리는 이들을 아예 토해놓는다
이를 본
사람들의 걸음걸이가 빨라진다

막바지 점묘화를 완성하느라 출렁이는 나락들은
떡하니 팔 벌리고 선 허수아비가 소유권을 주장하는데
일찌감치 침 발라 점찍었기 때문이다
고추잠자리가 잠시 앉아 넘보다 어림없었는지

걸치고 있는 날개옷만 주고 간다
황금색 바탕에 여름과 가을 땡땡이무늬가 반반이다
덩달아 널뛰는 송장메뚜기는
저쪽 세상을 다녀왔는가 죽지 않아도 송장인 채 하루가 저물고

지난 장날 만배새끼 뗀 암소가 입맛 깔깔한 저녁상 물린다
기름진 음식에 꼬랑지 무거워진 나만
오늘도 게슴츠레 묽은똥 쌌다

누렁이의 전원일기 11
— 늦은 비

어둠은 한사코 깊은 생각 속이다
고개 숙인 채 송구하게 아니 다녀간 생각처럼
비 내린다

가르랑가르랑 젖고 있는 밤이 고양이 솜털처럼
이리 아늑하지만 초대하지 않은 손님을 맞듯
가외의 비를 이해해주어야 하네

무엇은 가라앉고 무엇은 떠 있나
더듬더듬 점선으로 이어나가니
진중해진 하늘도 어둠과 밝음 안과 바깥의 전말에 대해선
서로 다른 두 세상이 있다는 것 외에 믿을 말은 없다고

허나 무엇이나 손해도 득도 되지 않는
다들 제자리 이렇게 지킨 것이 눈물겨운데
지금 여기까지 버틴 이것들이 실토하는 눈물을
애써 슬픔이라 이름하지 않으려 한다
닿을 수도 없고 지울 수도 없는 것이 있으므로

혼자 어둠에 들어 멀리 있는 이들의 편지를 받아 읽는 소

리 보슬보슬
　잠들지 못하는 숲
　다들 편안한지 사그락사그락 안부를 묻듯
　조심스런 꿈의 가장자리에서 착하게 엄마를 기다리라고
　자장자장
　약손처럼 조곤조곤

　신께도 고백하지 못하고 자글자글 스스로의 가슴부터 적시는 빗발이 있다
　심장으로 가랑가랑 차오르는 유순한 비다

누렁이의 전원일기 12
— 소설小雪

모두가 낮아졌습니다
더 이상 보이는 곳에 머무르지 않습니다

갈색이거나 빨강이거나
흙 가차이로 내려와 저릿한 생을 내려놓았습니다

어떤 오지의 습지를 찾아 이사하는 기러기도 행렬을 가다듬어 적던 대하소설 지필묵을 내려놓았습니다 지금은 차가운 손톱달도 범하지 않은 빈 하늘
손보지 않은 초고를 덮은 수줍은 입주의 초야입니다

이제 곳간에 새앙쥐들도 모처럼 살판 났습니다 여울목으로 부는 손돌바람* 맛이 달다고 노란 배추 품에 한해의 푸성귀들과 비린 것들의 자리를 정해줍니다 배추 밑동만 멀뚱히 노안을 뜨고 채전을 지키지만 망객처럼 곧 잊혀져버릴 쓸쓸한 풍경 속
11월의 어미들은 된장 맛으로 김치 맛으로 비벼집니다
질항아리에 기댄 채 익어갈 것입니다

태양도 거스를 수 없는 순환이 있어 그렇게 거리를 좁혀

앉는 계절

참나무 장작 한 지게 부려놓고 군불 지피는 아궁이 앞에서 늙은 아비는 거냉去冷한 막걸리를 마십니다
맘놓고 아랫목에 드는 아비들의 등 뒤로
구시렁거리며 이제 첫눈이 와도 되겠습니다

농경소설이 완간되는 소설小雪입니다
긴 밤 동안 오래 등잔불이 켜져 있겠습니다

엊저녁 한기로 내 밥그릇에 빠진 앞산 그림자가 그대로 동사할까 걱정입니다

*음력 시월 하순쯤에 부는 매섭고 추운 바람.

누렁이의 전원일기 13
—섣달, 허공에 매듭을 묶다

별이 하늘에서 빛나지 않는다
아직은 얇은 구름 속에 미련을 가진다
낡은 품속이 따듯하긴 한가보다

땅거미가 질 무렵 육각형의 감정이 무상하니 녹는다

피차 사라짐과 생겨남은 시간의 농간인데
흰 옷은 이미 더러워졌고
드문드문 찢기기도 하면서 끌고온 오늘까지
송구送舊하기에 송구悚懼하게도
A4 한 장의 속내를 채우지 못했다

어제 만난 떡대 좋은 젊은이도 걸었던 손가락을 당연히 풀어야 하는
누구도 고의로 저지르지 않은 헤어짐이 있는 계절
낙타의 발자국 안에 고인 소금 성분의 물과
어떤 어둠에 묻어둔 후회의 무게가 비등비등한 달이다

해와 달에 대한 모호함이 없으니 이제 건너가야 한다
머리를 조아리며 보내고 떠나는 어제의 이름을 리셋하지

못하고
애썼다 이제 자유다 어루만져주면서

이음새를 단단히하여 팽팽하게 끌어오는 약속의 꽃이
망설임 없이 피는 그 길로
걸음을 떼는 사막의 낙타는 찬란함이 살짝 두렵다

재깍재깍
노을의 체온이 한 달 내 뜨겁다
어제 떠오른 해와 똑같은 내일의 해
똑같은 허방에다 이런 매듭을 지어놓다니

누렁이의 전원일기 14
—나비경전

그해 양배추 값이 뭣 값이었지

투드려 버리려고 밭머리에 트랙터를 떡허니 세워놨는디 폭군 같아 뵈기도 하고 망나니 같아 뵈기도 하고 그런디 그 흉물이 양배추는 안 다치구 쥔네 속부터 사악 투드려대는겨
천 평 밭이랑마다 천불이 붙었는디

날개를 접었다 폈다 야지랑대던 배추흰나비 두어 마리 쩍쩍 갈라진 배추밭을 홀연히 날아가버리지 않겄나? 너른 하늘을 품는 미물들의 날개라니 눈부신 비상이라니
그려 누구라도 비상할 수 있는 성한 두 날개가 있지
한쪽 문이 닫히면 다른 문이 열린다* 했던가
돌덩이 하나 내려놓기가 무겁게 품는 일보다 더 힘든 일이라고
젖니 같은 경문 한 줄 잇몸 찢고 나오더라고

* 헬렌 켈러의 명언.

3부

심지의 기준점

석유등잔을 기억하시는지
어룽거리는 꽃잠을 뒤로 하고
오랫동안 밝음에만 매진했다

등잔불
이는 어둠도 밝음도 아닌 중간 고즈넉한 섬에서 동공을 넓히는 일이다
밝기가 답답하다 해서
심지를 맘껏 올린다면 그을음 때문에 견딜 수 없다
넘치면 모자라니만 못하다는
과하지 않은 빛의 한 수다
모자란 빛은 문창호에 걸린 달빛의 묵상으로 채우기 위해
거울을 닦는다
마음으로 들여다볼 수 있는 시력이다
고요함에 이르는 길이다

불이 흐리다고 바짝 다가앉아서도 아니 된다
등잔 밑이 더 어둡다
그림자 아래는 말귀가 침침해서 옳은 답이 자명하지 않으므로

저만치 창문에서 건너다보는 먼 눈도 조심할 일이다

속 빈 약속 안에 가둬놓은 먼 훗날은 또 좀 배고픈가

무작정 너일 수밖에 없는 눈 먼 사랑은
얼마나 함부로 슬픔을 호명하게 만드는가

좁힐 수 없고 만질 수 없는 너와의 까마득 먼 사랑
그곳으로 손을 뻗으면
이리도 시린

너의 눈빛을 오역한 일이 있었다

그나마
―언어의 시각 2

민달팽이 심심한 걸음으로 급할 것 없는 하루를 열고
참선하듯 초록으로 긋는 끈적한 한 획이 지나가면
개발새발의 필법으로 채워지는 우리들의 하루

잠착하니 적막에 나를 가두면 목덜미에 뙤약볕 내리쬐듯
산 아래로 쏟아져 내려오는
딱따구리 벌레 잡는 소리
부리에 매달린 수행의 바다다

― 어느새 거먹가리*네
뒷짐 지고 논둑을 지나는 노인네 혼잣말처럼
막무가내 초록으로 짙어지는 벼 포기 사이로 유유히 백로 두 마리
그린카펫에 오른 주연상의 주인공이다

덤불 감고 핀 하얀 인동초꽃이 노란 색으로 변하는 동안
어느덧 견디고 견디는 인고의 겨울인가
도랑으로 녹아내리는 무모한 흘림체 낙서 같은 첫눈
그렇게 밋밋하지 않은 냇둑의 하모니

날개 성한 새들이 초저녁까지 솟구쳐올라
뾰족한 부리로 물고 있는 저녁 해의 혈흔을
박명까지 붉게 칠하며
하루를 늘려주는 착한 노동

마스크에 가려진 욕설 같은 시간 사이사이에 접혀들어간
흙이 품고 있는 속마음
눈부신 숨소리들

그마저도가 아닌 것이
얼마나 다행인가

*모내기한 벼가 차츰 초록으로 짙어지는 논을 가리키는 충청도 방언.

그마저도
— 언어의 시각 3

지나간 날들의 파란만장은 덮어두고
부족한 것은 차라리 넉넉했던
몰인정한 셈법이다
이 수식에는 어떤 숫자를 대입해도
북풍이 답이다

겨누는 먹이사슬의 관계에서는
난간 끝의 간신히가 잘리고
궁여지책인 지푸라기까지 가차 없이 자르는
주머니를 탈탈 털어서 나온 단호한 말

새들이 차가운 일갈을 던진 그 저녁의 품을 파고들었지만
비빌 데 없는 날개 시베리아의 먹빛 하늘을 가르고
기껏해야 신기루에 처박힌다

겨울의 발원지 그곳
골목에 나서면 알짤없는 바람의 뼈마디가 삐걱거리고
서로를 향해 앙다문 입 속 메마른 빈 혀
보이지 않는 너의 손을 잡지 못한다

한 무리의 소문꾼들이 지나간 자리엔
벼룩의 간을 빼먹을 거라는 추측이 나돌았고
시장에서는 냉혈의 기호식이 팔려나간다

오들오들 유배를 견디고 막차에 으르니
어쩔 수 없는 말 with가 동승한다
내일은 새들의 자유로운 전언에 기대본다

양알

—언어의 시각 4

할머니께서 자주 쓰시던 따뜻한 말이 있다
나 혼자를 두고 하는 이기적인 말이 아니다
그 뒤에는 돌아보아야 하는 타인의 안부가 있다
얌통머리의 반대쪽에 펴놓은 오지랖일 수도 있겠다

양알
봄처럼 따듯한 배려
쟁기질하는 농부의 인심이 낳아놓은 새끼두둑
이쪽 이랑에 넉넉히 씨알이 묻히고
저쪽 두둑에도 보태주어 모종을 긁어 묻으니
널찍한 고랑은 마파람이 지나고 햇빛이 머무를 것이다

행여 부빌 등이 필요한 이는
이 거룩한 나눔의 수혜로 갈증을 풀자
유난히 긴 비난의 겨울에게 솜이불 덮어
쓸쓸한 계절도 품으리니
꽉 끼는 옷에 숨을 참았던 이가
숨쉴 수 있는 여백이다

누군가를 배려하는 말의 꽃

양알! 발음하고 나면 혀끝이 촉촉하다

SNS와 SOS
— 언어의 시각 5

거짓이 이리저리 바람에 끌려다니는데 삿대질하는 두 사람은 입에 거품을 물었다

고비사막 어디쯤에서 길을 잃었나 광활한 고비를 넘지 못하고 무서운 속도로 세포 분열하는 말들 모래와 바람을 분리할 수가 없다
낮달이 끌려나와 꼬인 등나무 틈에 낀 무릎맞춤 자리
함구한 입이 오두방정 간지럽다

이 나무에서 저 나무로 옮겨다니는 참새 떼는 수수꽃다리랑 비단향꽃무우랑 유채꽃 노랗게 꽃 모종하는데 채팅에다 댓글에다 말 모종하는 좀새들
엊저녁 동백꽃을 요절시킨 익명의 혀가 자란다

분리배출 실천하지 못하는 손과 입
분리수거 행하지 못하는 눈과 귀

어느 별까지 다녀왔는지 배후가 있었는지 확인도 하기 전에 날 세우고 되돌아온 촌철의 부메랑에 뿌옇게 먼지 날리는 지구

점점 커가는 마음의 부력으로 너희는 떠 있게 될 거야

이렇듯 얻음과 잃음의 균형을 아슬하게 맞추며
콧날을 오뚝하게 빚어가는 네 등지느러미를 믿어봐

풋감 떨구는 먹감나무 아래
말잠자리와 함께 헤엄치는 버들치 두 마리가 있다
빈 저녁
슬픔처럼 내리치는 소나기 냇가에 물만 불어나겠다

최소한의 식음

세간에 떠도는 꽃소식보다 스산한 싸락눈이 다녀가는 섬에 갇혀 있다 공기만 먹을 순 없다지만 저녁밥보다 먼저 받은 어둠이 천 근이다

빛을 여윈 골목에서는 어둠과 나와의 자리가 바뀌어 내 안에서 목련꽃이 지고 구름의 색을 몸에 바르면 어렴풋이 슬픔의 방향으로 떠가고 그럴 땐 무량한 봄 햇살 아래에 선 나무들을 말없음표로 읽는다

하고 싶은 것이 없으니 가지고 싶은 것이 없으니 북극의 겨울은 지나가지 않네 말로만 듣는 신기루 같은 춘삼월을 가로질러 커다란 크레바스에 젖은 시간이 빠져 있다 동박새가 붉은 부리를 얼음 속에 묻는다 천 년을 기다린다는 것은 옳지 않아

이름만으로도 슬픔이 되는 너는 저쪽 나는 이쪽에 있으므로

그러니 어쩌랴 언젠가 꾸었던 꿈속 같던 아득한 너의 기억 끝에서 어제라는 말 대신 다음 날 무렵이라고 쓸 때 목이

잠겨 책장을 덮겠지

그런대로 쓸쓸한 서쪽의 이름을 자꾸 복제해 부르면
설마 풀 죽은 오월이라도 어려운 걸음으로 모퉁이를 돌아나오지 않겠나

연緣

죽음으로 끊지 못했다

저승 가는 발길이 무겁다며
입던 옷을 간간이 태우시던 큰고모님

노숙에서 돌아오지 않는 새
마지막까지 품에 있는
태울 수 없는 둥지 하나
자르지 못한 모태

운명하며 결코 눈을 감지 않으신
시퍼런 모정
떼어놓을 때 가장 질겨지는 핏줄

날개를 접지 않은 채 죽는 잠자리처럼
포기할 수 없었던 그 비상처럼
꼿꼿하던 그 저항처럼

피차에 미수未遂다

자명한 침묵

나비하고는 모르는 사이
불쑥 무화과 열린다
열매 속 암술과 수술의 때깔은 누구에게도 관심 밖의 일
홀로 붉어진 사랑이다

청하지 않은 손님패거리처럼 아무렇게나 찾아온 겨울
찌그러진 채 익히지 못한 무화과 열매들
답이 없는 난해한 물음표가 매달려 있다
참새가 시큰둥한 부리를 깃털 속에 묻는다
섣달에 남겨진 것들 낮달이나 첫눈까지 문상을 마치고
멋대로 흩어진 신발들 사이에서 가장 허무한 구두를 찾아 신고 간다

그래서
향기하고는 관계없는 사이
꽃도 열매도 익히지 못하는 최선이 있다
떨구지 못하고 잡고 있는 저 질긴 오기
희망의 전부지만 겨울의 일부가 되어버린 핏덩이들
다소곳하니 받아적다 만 문장
가지런하게 매달린 다문 입들

읽다가 끊긴 미완성 문장

요술상자

빈말
몸이 그쪽으로 기울어진다

다 잘될 거야
끼니 거른 구경꾼처럼 속이 허해진다

몸통이 없는 인사의 과즙을 핥으며 어떤 구석인가를 기웃거려야 한다 몸은 여기에 마음은 바닥에 뒹구는 거기 어디쯤 뽁뽁이의 공기층처럼 마음 깨지지 않게 싸매주는 말들
피그말리온이 가리키고 있는 저 손가락 끝의 설득과 위로를 믿자 아무것도 아니라고 흐트러진 별의 체위를 모아서 시작하는 것이다

한쪽 귀퉁이씩 둥글려서 내일일랑 마주한 벽을 등지라는 진심을 오역하지 말자 꼭 꽃잠을 약속할 수는 없지만 그래도 꿈을 꾸라는 말이니

거짓말 같은 실제가 되는 실제 같은 거짓말이 되는 환상통에 오래 속는다
내일의 방향으로 공갈빵이 굴러간다

4부

아득한 성지

이곳의 시제는 알 수 없다
토방 아래 무성한 잡초로는 어제도 내일도 설명되지 않으며 오늘의 적막만이 지루하게 늙어간다

그늘 깊던 살구나무 두통이 일었나 이웃집 저녁 연기로 이마에 띠 두른 저녁나절
참새 떼 한 무리 석양의 하늘을 호루룩 빨아먹고 스멀스멀 어둠을 토해내는데 지난 날 파란만장의 주인공들은 어디서 오늘의 이 심심한 자유를 방임하는지 밀서 하나쯤 발굴되려나
허나 기록은 언제나 두려운 것 그냥 돌아섰나봅니다
흙 떨어져나간 담벼락 늑골 안으로 싸락눈만 싸락싸락 푸르게 못을 박는다 새끼 버리고 개가한 오매에게 퍼붓는 욕설이다

구름을 탕진해 가세가 기운 듯 기우뚱 한쪽 어깨 늘어뜨린 문지방은 생애 과업이 퍽이나 버거웠던 듯 흥망성쇠 까닭을 접은 지 오래
구들장 아랫목에 삭신을 뉘는 바람만 여간 편안한 게 아니다

하르르 연고 없는 봄날이 피고지는 헛헛한 가슴 문에 빗장도 떼어버려 안마당과 뒤울안 두어 죽의 침묵이 달그락거리는 부엌까지 무한대의 소통이다

더 내어줄 것도 보듬을 것도 없는 바람의 천수관음이 오래 전부터 독거獨居하는 집

일몰 심포니

할미 할아비* 머리 위에
높은음자리표 몇 마리

여름밤 축제는 지나간 해일 또는 폭우
비로소 시월의 바다 음감은 붉은 토마토

붉은 심장을 바다에 밀어넣는 하루 해
달궈지는 비색의 난장
수평의 선을 따라서
팽팽하게 현을 맞추는 오케스트라

지휘봉 끝으로 흩뿌리는 저 색의 비브라토
바다의 목젖이 저리 곱게 떨려
바스러지는 윤슬의 파편들이 절창이라

망부석 전생의 그림자로 합해지는
할미 할아비바위
뜨거워지는 호흡
점점 세게
넘어가는 수평선에 꿰어 오물거리는 아가미

점점 여리게

물비늘 담방담방 숨죽이는 소리 위로
고요히 번지는 수묵의 실루엣이
4악장 피날레다
작은 파도가 악보를 다음 장으로 넘겨놓는다

*안면도 꽃지해수욕장에 있는 슬픈 사랑의 전설을 가진 바위로 일몰 명소이다.

이웃으로 기울다

눈을 감고서도 읽어내려가는 한 장의 엽서
한 뿌리의 덩굴장미가 월담하는 현장을 서로 눈감아주는 봄

더듬거리는 고백도 이미 알고 있다는 답을 담장에 널어주면 나지막한 위로나 용서로 알고 걷어가는 사이
서로의 배경이 되어 외눈박이 슬픔을 의탁하거나 어두운 허무까지 척척 손 적이 맞게 품앗이하는 사이
솔부엉이 내려오는 칠흑에는 지붕의 이마를 맞대고 옆구리 쪽으로 서로의 붉은 안부를 가끔 바꾸어 가지는 사이
질척거리는 그늘에서 더욱 삽삽한 말들을 든손 나누어 갖고 가장 습한 뒤울안을 기웃거려주는 사이

행여 천 길 낭떠러지일까 물소리의 높낮이를 곰살스레 조절해서 물꼬를 트는 논이웃이 그렇고
그 이웃을 향해 창을 낸다는 것은 밤새 쌓인 눈 위에 고립을 뚫어주는 그대가 되어 도미노처럼 쓰러져서 몸을 기댄다는 말

하지만 유리잔에 가느다란 실금이 가듯 삼가 조심스럽기

열어서 풀어라

그러나 친정아버지 손마디처럼
꺼칠한 안양루 마룻바닥에 나뒹구는
내 마음만 홀로 쇠귀가 된다
개심開心하여 개심改心하지 못하는

비천함의 근성

덤벼봐
소매를 걷어붙이면 거침없이 엉겅퀴꽃은 피고
미루나무 꼭대기 까치가 악다구니를 썼다
때 이른 아침이 끌려나오고
저녁 해에는 대못이 박히곤 했다

남편 이겨먹는 여자
남부럽지 않게 땅뙈기도 넉넉히 장만한 억척
휘어먹는 재주가 없어 그악스럽기도 한 사람

간만에 시장에서 만난 그 후배가 반색한다

— 여름을 타는가 기상이 안 좋으네?
— 아 그놈에 풀들하고 싸우느라 그래요 형님
— 그래 이겼는감
— 웬걸요 못이겨요 내가 젤 질긴 잡초인 줄 알았더니

돌아오며 혼자 중얼거린다
자네를 이기는 강자도 있네그려

하찮은 것이 선불리 하찮지 않음이라
천덕꾸러기로 질기게 사는 법
지천꾸러기로 독하게 살아남는 법
절대 모진 잡초 네 뿌리의 끝을 묻노니
손 귀한 집 자식 이름을 개똥이라 지었던가

모진 오늘의 방향으로 다시 뛰어가는 여자의 등이
잔상으로 오래 남는다

뜨거운 칼

매운맛 좀 볼래
빼어든 칼 간담이 서늘해지지

겨울 낭만이 절벽에 얼어붙어 있을 때
딱 한번으로 지구의 회전을 당기는 괴력
무릎을 꿇리고서야 끝내버리는 겨울산의 협객

물수제비 뜨듯 살얼음 도리는 솜씨
그 이름의 기원은 어머니의 결기
목표는 오달진 복수
방법은 오직 사랑으로 뜨거워지는 것

바닥의 얼음을 뚫고 피워낸 꽃을 받아내서
첫 국밥 끓이는 시간 한 줄금 새벽별 쏟아져내려
꽃이며 별이며 탱탱한 긴장으로 다시 결빙하는
겨울산

이승인가 하면 저승 같기도 한 얼음 사이
얼음보다 더 강한 약속을 지키는
여리디여린

보드랍디보드라운
작디작은
지상의 새것 복수초여
저 붉고 뜨거운 심장을 낳고
가장 맑은 연못에 닿은 융숭 깊은 어머니여
봄 너머의 안부를 기다리는 겨울 산모여

촌철의 작명 하나로 종種을 지탱하나니
팽팽한 모정에 삶을 묻어두었나니
감히 속이고 빌어다 범하지 마라
연함이 강함을 녹일지니

마이웨이

당신의 손에는 늘 허름한 보따리가 들려 있었습니다 그러나 그 보따리의 무게를 따져보는 일은 없었습니다
노란 하늘은 깊었고 보리가 익어가는 길은 멀리에 엎드려 있었습니다 나아가기도 물러서기도 힘든 걸음마다 도드라지던 마른버짐

색바랜 정물화처럼 창백한 시간을 들어올리던 당신이 별을 사냥하러 나갈 때나 돌아올 때는 언제나 어스름을 등에 지고 왔습니다 내게만 가져다주던 그 별사탕은 날 위해 부르는 당신의 마이웨이였습니다

조등처럼 내걸렸던 큰누나의 길을 노래하기 위해서는 눈물로 그려진 음표 사이에 간간이 숨표가 필요합니다

밤샘 근무 뒤에 묻어오는 먼지에 뭉텅뭉텅 파먹혀 진물이 흐르는 숨결 방직공장 계단에서 접질리곤 하던 당신의 노래 마이웨이
당신의 폐肺 조각이 너덜너덜 헐어갈수록 딱딱하게 옥죄이는 당신의 들숨과 날숨으로 직조해나가는 내 책가방을 거두어들일 수 없었습니다

날아보고 싶었던 저 무지개 너머를 외발로 서서 바라보는 솟대가 되어버린 우리 큰누나, 아들도 동생 손주들도 동생인 이상한 나라에 사는 은발의 공주님이 되신 우리 큰누나

동생이라는 말 앞에서만은 지금도 눈에서 광채가 나는데 내가 가진 청진기의 귀는 속수무책 듣지 못하고 뢴트겐의 눈은 당신 가슴속의 천공穿孔을 보지 못하니 쓸모없는 사물일 뿐

큰누나 하고 부르고 나면 아직도 해동하지 못한 강물에 꽝꽝 돌 던지는 소리로 되돌아옵니다

만개

바깥의 유혹 때문일까
진땀나던 어깨 통증이 완치되는 날인가요
당신의 오체투지로 도착한 울타리 안에 방점을 찍는
가장 서늘한 각도네요

울음이란 울음을 한꺼번에 몸 밖으로 쏟아내고
목젖이 보이도록 까발리는 고백의 난바다
가장 높은 바닥에 닿아 내지르는 비명
일시정지 찰라

숨을 멈추고 부레를 한껏 부풀리면
비눗방울들 터지며
스무 살 그녀가 환히 웃는다

질주를 멈춘 오늘 허깨비 꿈에 잠시 흔들거리다
하르르 하르르
봄비를 핑계삼아 화장도 지워야 할 일

오래 끌어안고 싶었으나
툭 떨어진 그 꽃의 이름이 생각나지 않고

이리 쉽게 이리 빨리라는 말만 흩날렸다

맹신의 꽃

어찌 저리 질긴 사랑을 피웠는가
혼자서 추스를 수 없는 고달픈 구애

눈부신 방향으로 돌아서면 뼛속까지 당신으로 시작되었으니 한쪽으로만 기우는 무작정 사랑쯤이야 당연할 테지만 통정할 수 있는 오로지 한길 너만 바라기해야 하는 타고난 절대적 방향성

태양이 쥐고 있는 내 그리움의 명줄이여

저무는 저녁엔 갈 데가 없는 내 사랑의 거처여

속속들이 쓸쓸한 내 가을이여

당신이 허락한 날들이 오고 또 가지만 슬픈 해바라기는 가련하였으며 허허로움으로 내걸린 시월에는 그 길과 이 길이 굴절되어서 해넘이만 붉었느니라

손바닥으로 가릴 수 없는 고독을 눈치채지 못하는 당신의 무심함이 까맣게 영글어 허공에 내걸린 사랑이 크기도

하는 날 그러다 시들기도 하는 날 그날은 종일 축축한 멀미로 흔들거렸네

당신의 마음을 엿보지 않으리
거기에 나를 가두지 않으리
태양보다 뜨거운 연옥이었음을 몰랐다니

금요일의 화음

팔월 염천 어린이놀이터
한참을 줄서서 기다려야 겨우 몇 번 타고 내려야 하는 그네
미끄럼틀에 먼저 오르려 싸우고 울고
시소를 빼앗던 언니 오빠
화음이다
무지개가 뜨고 천사의 날개가 품은 벌떼들과
저물도록 깜냥대로 섞여 놀던 은서
남이거나 어울림이거나 촉이 솟고 잔뿌리가 나고 있었다

감기로 어린이집 소풍에 가지 못한 금요일
놀이터에 데리고 간다
텅 빈 마당에 늘어진 그네 두 개
달팽이 미끄럼틀
기울어진 시소
모두 은서 차지이건만
이것저것 몇 번 타보고는 시큰둥해서 집에 가자고 한다
햇빛에 부서지던 자잘한 음표들은 짜여진 시간표에
볼모로 잡혀 있는 금요일이다

돌아와 퍼즐을 쏟아놓는다

제자리를 메워줄 조각들을 찾다가
어느새 꿈나라에 들어 잠꼬대다
그네를 빼앗던 언니 오빠 퍼즐 조각을 찾나보다
아리스토텔레스를 만나나보다

간절기 감정鑑定서

— 지랄이네이 허구헌 날 날파리 아른거리구 매미가 울었쌌는디
— 허긴 애덜까지두 늙은이는 싫다구 허는 세상잉께 동무허자구 내 몸뎅이루 세 들어왔지 싶네

처서 무렵이었다
아무도 느슨해진 여름을 밀봉해서 보관하지 못했다
별똥별이 하나씩 제 이름을 안고 사선을 그어 속도의 점선들을 이어나갔다
엄마의 정원에서 자라던 꽃들이 시들고 나비들은 엄마의 주름 속으로 날개가 사라졌다 사라지는 것들과 찾아오는 것들의 길항이 삐걱거리며 눈가에 소금꽃이 반짝거렸고 귓가로는 범종이 매달렸다

제멋대로 보내오는 기별 뒷자락에 받은 그러려니 하라는 추신이 야속하지만 해거름녘에 쓸쓸한 짐승들이 시나브로 연체동물이 되어갔다
달맞이꽃은 호젓이 샛노란으로 돌아와서는 고독한 밤을 거두어 회색 문신을 새겼다 순응하는 방법이다

사뭇 진지하게 붉어진 노을 앞에 조등처럼 매달렸던 봉숭아꽃 씨앗이 용이할머니 한숨으로 톡톡 터졌다

지구학

삼월이 되자 유곽 앞에 야시시 홍등을 달았다

뜨거운 몸을 탐하는 것들에게
골똘히 향기를 조율했다

모란의 풍만한 젖가슴
그 수수께끼를 풀지 못한 나비가 무한정 미로 속이다

밤꽃의 찢어진 적삼 사이로 새어나오는 농염함은
백 리 밖의 유월이
질질 육즙을 흘리게 하고

소복을 하고서도 넉살좋게 곁눈질한 감자꽃 새끼
누가 볼까 치마 밑에 감춘 멋쩍은 녹말끄덩이
바짝 틀어잡고 종지목질인데

파다한 달빛 아래 풋봄의 첫 달거리를 치른 이화梨花
달달하게 향을 지피자
입 언저리로 언뜻 둥근 사춘기가 지나갔다

이쯤에서 숨을 고르고 어중간하니 붉어진 안부에 이골날 무렵
푸지던 한낮의 마디가 뭉텅뭉텅 잘려나갔다

훅—
우주 밖으로 혹성 하나씩 밀어내는
치밀한 정돈
겨울을 건너기에 지구의 차림새가 단출해졌다

싱그러운 독기

마혼이 넘도록 가문의 대를 잇지 못하던 평산댁

시媤 자가 붙은 사람들의 따가운 눈총으로 피지도 떨어지지도 못하는 꽃이 희나리로 말라갈 즈음

박하분 냄새 진동하는 씨받이 달 속으로 밤이 빨려들기 시작했습니다

겁 없이 달려드는 야생의 살쾡이 눈에서 불꽃이 튀고 한 지붕 아래에 각기 발톱을 숨겨놓고 잠복해 있습니다

가시나무 울타리 안에서의 싸움은 금지되어 있었지만 암탉들의 벼슬에서는 늘 붉은 살냄새가 흥건했습니다

사타구니에 수상한 꼬리를 감춘 백여우가 으슥한 그믐밤이면 허공을 향해 울었고 어기적거리며 걷는 한가로운 동물은 없었습니다

아슬아슬한 모서리의 밤을 껴안은 헤라 여신의 번뜩이는 눈 어둠 속 벼랑 끝에서 작정하고 똬리를 틀었습니다

어떤 고양이의 푸른 교성이 새벽의 배를 앙칼지게 찢었습니다

극점에서 피는 꽃

적중했습니다

끝물이라고 잊고 살았던 꽃의 이름을 단 한 모금에 생각해냈습니다 더 이상 말더듬이가 아니었습니다 거짓말같이 발기하여 피돌기가 시작되고 평산댁의 배가 점점 불러왔습니다

혀가 얼얼하게 톡 쏘는
여자의 질투가 해냈습니다

야단법석野壇法席

내가 기름진 음식으로 영육의 배를 채울 때
비움으로 부레를 채우는 물옥잠

빈 자궁에서 또 한마디 말씀
바닥을 향해 고분고분 발을 뻗었다

빈속으로 지키는 새벽 선방에
합장한 연보라 꽃등
심지에 불붙이니 꽃등행사 곱다

가라앉지 않고 오래 걷는 보살행
빈 부레에 채운 기도
단 하루면 충분하다고
꽃답게 입을 닫고 선정에 든다
우주가 숨을 멈추고 잠시 묵상이다

받들고 놓지 못하는 봄날의 한낮 꿈쯤은
겨울 칼바람 같은 요약에 걸려 넘어진다

지극한 법석을 그냥 지나치니
가슴에 업장 정처 없다

언어의 성찬에 감춰진 슬픔의 배경

김정수/ 시인

기억은 언어에 의존하고, 언어는 기억을 담보한다. 언어라는 그릇에 담기지 않은 기억은 시간이 흐를수록 점점 쇠락하거나 퇴락해 의식의 낮은 지층에 영원히 봉인된다. 어떤 기억은 조각난 채 선명하고, 평생 그 기억에 시달리기도 한다. 또한 기억은 몸과 마음의 상태에 따라 신선도를 달리하는데, 환희나 통증을 동반한 유난한 기억은 시간을 초월하기도 한다. 한 생生과 함께 스러질 기억이 언어의 외피를 두르는 순간 소멸의 목록에서 이탈해 새로운 양태로 탈바꿈한다. 언어를 만난 기억이 '가치'가 되기 위해서는 자신만의 독특한 세계를 창조해야만 가능하다.

존 케리John Carey가 『시의 역사』(소소의 책, 2022년)에서 시는 "기억에 남고 가치를 부여받도록 특별히 지은 언어"라고 한 말을 상기할 때, 기억은 시로 전환되는 순간 특별한 가치를 부여받고, 시는 영원히 생존할 수 있는 대상에 오른다. 하지만 기억의 속성에도 불구하고 쇠락과 퇴락을 거쳐

극히 일부의 시만 살아남음은 역사가 실증한다. 생존의 틀에서 벗어난 시는 까맣게 잊혀 흔적조차 찾을 수 없다. 이런 사실을 온전히 받아들인다면, 기억을 포함한 삶에 가치를 부여하는 언어 행위는 조심스러우면서도 숭고할 수밖에 없다. 끝까지 생존하는 극히 일부의 작품이 어떤 시가 될지 현재로선 가늠할 수 없다.

수 세기가 지난 후에나 흐릿한 윤곽이 드러날 것이므로 현재는 기억에 언어를, 언어에 삶을, 삶에 가치를 부여하는 시작詩作에 몰두할 일이다. 한 편의 시는 경험적 현실과 내적 갈등, 철학적 사유로 지은 집이다. 그 집에선 꿈과 좌절, 만남과 이별, 삶과 죽음 같은 숙명과 수시로 마주하는데 이는 수시로 무의지의 영역을 벗어나 존재한다. 시는 이런 무의지 영역과 경험적 현실로 현현顯現하는 의지의 영역을 동시에 수렴한다. 특히 시간의 더께가 내려앉은 결핍은 "마음을 결박하는 감정들"('시인의 말')과 억압된 자의식과의 화해와 타협을 방해한다.

배정숙 시인의 세 번째 시집 『불친절한 오후가 향기로울 때』는 유성호 교수가 두 번째 시집 『좁은 골목에서 편견을 학습했다』(시와표현, 2020년) 해설에서 언급한 "자신만의 존재론적 뿌리와 그로부터 다양하게 파생되어가는 삶의 문양紋樣을 형상화하려는 일관된 의지를 보여"주는 동시에 삶의 결핍과 불화, "슬픔과의 적당한 화해"('시인의 말')를 시도하고 있다.

남기고 온 말이 있어서

자꾸만 뒤돌아보는 곳
불러보면 혀끝으로 침 대신 찝찔한 액체가 솟는 곳

납작 엎드려 낮아지던 초가 위
식솔들 머릿수만큼 매달려 뒹굴던 박 덩어리들
박 넌출 같던 아버지의 힘줄
그 위로 피어오르던 쇠약한 연기

채전에서 꿈꾸던 배추흰나비의 허름한 비상이 타고 앉은
메마르던 태胎
어르고 달래던 고작 그 날개
겨울도 다 가기 전에 득달같이 달려들던 봄날이 바닥나고
빠듯한 그늘에 옹기종기 얹어놓던 곤한 발들

꽃꽃하던 토담을 반쯤 헐어 새들이 자유다
언제부터 이렇듯 그리움을 풀어 새들을 키우셨는지

새들은 오늘도 빈집에 가부좌한 적막을 쪼아서
개망초꽃으로 뱉어놓았다
걱정이나 원망 섞인 잠꼬대처럼
까치발로 서 있는 길에 자갈자갈 깔아놓았다
어릴 적 지극히 입고 싶었던 노란 호박단 저고리 대신 입혀서

포근포근 목화솜 둔 저고리 도련 같은 길에
벌써부터 마중 나와 서 있다
눈에 삼삼 밟히던 계란프라이 한 상 차려 들고서

덕분에 이 길은 쉬 찾을 수 있지만
친정집 등 굽은 양철대문 앞에서는
설핏 숨결조차 글썽거린다

—「결핍의 태胎」 전문

이러한 첫 시도는 "남기고 온 말이 있어서/ 자꾸만 되돌아보는" 고향 원형으로부터 시작된다. 고향은 사람과 공간의 원초적 관계와 특별한 추억이 배어 있는 곳이다. 태胎는 단지 아기집 속의 태아를 둘러싸고 있는 태반과 탯줄의 조직이 아닌 씨, 즉 가문의 뿌리이면서 생명력과 가능성을 상징한다. 하지만 태아는 독립적 자아 이전에 모태와 단단하게 연결되어 있어야만 생존할 수 있는 나약한 존재이기도 하다. 태아는 태동을 통해 존재를 확인하고, 집은 굴뚝의 연기로 인적을 드러낸다. 탯줄을 끊고 모태로부터 독립하듯, 취업이나 결혼 등으로 고향 친정집을 떠나는 순간 독립 개체로서 생존해야 한다. 수구지심首丘之心이라 하지 않던가. 객지의 삶이 힘겨울 때마다 "자꾸만 되돌아보는" 것은 당연한 수순이다.

이 시에서 친정집의 존재 확인은 아버지로부터 비롯된다. 초가지붕 위에 매달린 박만큼 딸린 식솔로 인해 가계家系

는 꽃을 피웠지만, 가계家計는 "쇠약한 연기"를 피워올린다. "아버지의 힘줄"이 약해질수록 하나둘 고향을 떠나고, 아버지마저 곁을 떠나면서 집은 존재 의미를 상실한 채 점점 허물어진다. 아버지가 돌아가신 후 시인은 빈집이 된 친정집 앞에 서 있다. 정지용의 빼어난 시 「고향」에서 고백한 것처럼 "고향에 돌아와도/ 그리던 고향은 아니"다. 눈 앞에 펼쳐진 풍경에서 유년의 가난과 이로 인한 결핍을 떠올린 시인은 '쇠약한', '허름한', '곤한' 등이 수식하는 삶의 결핍과 상실을 담담하게 응시한다. 시인은 사람이 떠난 자리를 차지한 새들과 개망초꽃에서 자유와 생명을 떠올리기도 하지만, 떠난 가족에 대한 회한과 그리움으로 "숨결조차 글썽"인다.

할머니부터 그렇게 시작했다

오래 가물었다
다리를 받치고 긴 문장으로 철철 흐르던 물
수심의 단위는 푸른 색의 농담濃淡으로 표기했다
물이 다리의 허벅지를 껴안았는지 허리를 안았는지
다리가 물을 업어서 가는지 걸려서 가는지
그 또한 푸른 색의 농담濃淡으로 알았다
가문 날 다리의 수직을 지탱하느라 끙—

어머니도 그러셨다
작은 일도 오래 머뭇거리고서야 해결할 그때부터
끙— 소리가 무릎을 실어날랐다

대퇴근으로만 서고 앉는 것이 아니었다
끙— 소리의 도움으로 몸을 일으키고 앉는 일
적당히 모아서 합하고 평평하게 나누시던 엄마
합일하는 도를 닦은 어머니의 자세였다

—「합일」 부분

몸보다 먼저 도착하는 것이 눈이다
손보다 먼저 촐싹대는 것이 눈이다

지슴이 무성하게 난 밭머리에서 눈이 한숨부터 짓는다
이 많은 지슴을 어떻게 매나
경솔한 땡볕이 끼어들고 부추기면서 간섭한다
물론 나도 이들과 한패다

어쩌나 염려하는 눈이라면
놔둬라 내가 하마 감당하는 손이라신다
어머니의 밭머리 가르침이시다
어머니는 든손 손과 한편이다

눈꼴사나운 역겨움과 쉬 합의하기는
눈 감아버리는 것 나의 묵인이고 회피다
쓸고 닦아 빛나는 창을 내는 것 또한
말 없는 손과 어머니의 헌신이다

—「눈과 손의 시간 차」 부분

삶의 농담濃淡은 시간이 흘러야만 '삭임과 상처'의 옅고 짙음의 정도를 보여준다. 여백의 상태에서 시작된 농담은 "생과 삶과 밥/ 그들의 관계"(「등식이 성립한다」)에 따라 삶의 색채와 명암이 극명하게 갈린다. 태胎의 이어짐과 새로운 만남으로 형성한 가족관계의 농담은 가풍과 가장의 가치관에 의해 탯줄처럼 딸린 식솔들의 삶의 농도가 달라진다. 가부장적 면모를 지향하는 가장이라면 삭임의 농도도 짙어질 수밖에 없다. "서슬로 부풀어 터질 듯"(이하 「좁은 골목에서 편견을 학습했다」, 두 번째 시집)한 아버지의 말은 일방적으로 흐르고, 엄마의 심장은 '가랑잎'처럼 떨리고, 자식들은 가녀린 엄마의 심장에 "부리를 묻"고 떤다. 그렇게 기울어진 추는 중심을 잡지 못하고, 우리는 "불안을 먹으며 상심만큼 키가 자"란다. 아버지의 권위 의식과 불합리를 삭이는 사이 식솔은 해독할 수 없는 "그들만의 암호"(이하 「달의 현주소」)를 남긴 채 "절반만 가지고 사는 법"을 익힌다.

시인은 시 「합일」에서 삭임의 시간 속에서 인내하면서 견딘 여성(할머니와 어머니)의 삶을 조명한다. 시간에 각인된 인내의 기억은 할머니까지 거슬러 올라간다. 아니 어쩌면 할머니의 할머니로부터 연원淵源한 뿌리 깊은 삭임-인내는 노동(특히 들일)과 가사(육아와 살림)를 당연한 것으로 받아들인 시간임을 인식한다. 하지만 시인은 삭임-인내의 시절을 단순히 회고적 정서로 복원하지는 않는다. 삶을 되돌아보는 행위는 기억의 편린片鱗을 "흑백의 시간"(「은하수 게

놈」)으로 확연히 구분해 접근할 성질의 것이 아니기 때문이다. 가족의 농담은 전체(가정)에 부분(집안의 여성)이 물드는 것으로, 이는 합일合一과 다르지 않다.

삶의 여백을 흑으로 물들일 때 흑백의 조화, 즉 농담이 중요한 위치로 작용한다. 흑이나 백 어느 한쪽으로 농담이 치우치는 순간 삶의 균형은 깨져버린다. 시인은 이를 합일의 관점에서 바라본다. 합일은 둘 이상의 서로 다른 것이 합쳐져 하나가 되는 것이지만, 삶의 문양이 단순하지 않은 것처럼 합일도 결핍과 충만, 부분과 전체, 대립과 합의로 중심을 잡는다. 전체의 평화를 위해 분열하고 대립하는 대신 "합하고 모아서 합하고 평평하게 나누"는 겸양과 헌신의 미덕으로 부분을 희생한다. 시인은 '다리'라는 다분히 중의적인 시어를 통해 할머니와 어머니의 삶을 복원하는데, 의성어 "끙—"에 고유하고도 숭고한 의지를 응집한다. 할머니의 "끙—"은 "오래 가물었"던 수심의 깊이를 재는 단위로, 어머니의 "끙—"은 "합일하는 도를 닦는" 자세로 작용한다. "오래 머뭇거리고서야" 힘겹게 내지르는 "끙—"은 한 생을 짊어지는 동시에 한 가계를 지탱하는 고귀한 신음이다. 이를 곁에서 목도한 시인은 "잃어버린 것과 주워온 것들" 사이에서 갈등하지만, 할머니나 어머니처럼 가족을 위해 삭임-인내하기보다 자연과의 합일에 주력하는 미묘한 차이를 드러낸다.

시 「눈과 손의 시간 차」 또한 신체어 '눈'과 '손'을 통해 어머니와 나의 차이를 극명하게 보여준다. 나는 '눈'으로, 엄마는 '손'으로 상징되는데 행동 의지에 따라 결과가 갈린다.

어린 나는 "몸보다 먼저 도착"하지만 촐싹대고, 엄마는 말없이 이 모든 것을 감당하는 헌신하는 '손'이다. 햇볕 쨍쨍한 날, 나는 엄마와 잡초 무성한 밭을 매기 위해 밭머리에 서 있다. 엄두가 나지 않은 나는 한숨부터 쉰다. "놔둬라 내가 하마" 어머니의 묵직한 이 한마디는 "밭머리 가르침"이면서 헌신이다. 엄마의 눈치를 보며 회피하던 나는 슬금슬금 호미를 들고 밭에 들어선다.

몸소 실천하는 엄마의 손은 "행동으로 보여주는 방책"이다. 내 마음에 돋아난 잡초까지 뽑아내는 엄마의 손으로 인해 비로소 내 눈은 맑게 빛나고, "허물에 걸려"도 넘어지지 않는다. 결혼 이후 "남편을 이겨먹"(이하 「비천함의 근성」)을 만큼 억척스럽게 살아 "남부럽지 않게 땅뙈기도 넉넉히 장만"했다. 이른 아침부터 늦은 저녁까지 "소매를 걷어붙이"고 억척스럽게 살았다. 결국 엄마의 "밭머리 가르침"은 "질기게 사는 법"과 "독하게 살아남는 법"인 셈이다. "내가 젤 질긴 잡초인 줄 알았더니" 풀들과의 싸움에서 이길 수 없다는 자조 섞인 혼잣말은 삶과 자연을 마주하는 자세의 전환을 의미한다. "연함이 강함"(「뜨거운 칼」)을 녹이고, 부드러운 말(언어)이 거친 말을 이긴다는 깨달음 말이다.

맹점을 조준하여
먼이라는 말이 방아쇠를 당겼다
발설하기 민망한 이 한 음절 낱말의
무서운 민낯을 보겠나

―「먼 ― 언어의 시각 1」 부분

민달팽이 심심한 걸음으로 급할 것 없는 하루를 열고
참선하듯 초록으로 긋는 끈적한 한 획이 지나가면
개발새발의 필법으로 채워지는 우리들의 하루

—「그나마 — 언어의 시각 2」 부분

오들오들 유배를 견디고 막차에 오르니
어쩔 수 없는 말 with가 동승한다
내일은 새들의 자유로운 전언에 기대본다

—「그마저도 — 언어의 시각 3」 부분

누군가를 배려하는 말의 꽃
양알! 발음하고 나면 혀끝이 촉촉하다

—「양알 — 언어의 시각 4」 부분

거짓이 이리저리 바람에 끌려다니는데 삿대질하는 두 사람은 입에 거품을 물었다

—「SNS와 SOS — 언어의 시각 5」 부분

마르틴 하이데거Martin Heidegger는 『이정표』(한길사, 2005년)에서 "언어는 존재의 집이다. 언어라는 가옥 안에 인간은 거주한다. 사유가와 시인은 이러한 가옥의 파수꾼"이라 했다. 또 "언어는 존재 진리의 집인데도 불구하고, 언어는 우리에게 아직도 자신의 본질을 거절하고 있다"고 했다. 언어가 없다면 우리는 존재에 대해 말할 수 없고, 사유

와 행동의 기록도 불가능하다. 언어는 존재나 사유를 위한 도구가 아니라 세계와 사물을 인식하는 통로다. 그 통로를 통해 존재는 언어로 우리에게 말을 걸어온다. 그 말을 경청하고 사유하는 것이 시인이다.

배정숙 시인의 언어에 대한 시각은 사물보다 진술과 행동과 더 밀접한 연관을 가진다. 첫 번째 인용시 「먼 — 언어의 시각 1」은 "선도 안 보고 혼인이 이루어지던 시절"의 뒷간과 사돈네는 먼 것이 좋다는 말에 속아 덜컥 혼사를 승낙한 상황을 다루고 있다. 삭임-인내의 시작이지만, 시인은 이에 머물지 않고 '억척'이라는 기질을 투척한다. '먼'은 단지 물리적·심리적 거리만을 의미하지 않고, 의존 대상에서의 분화와 미래에 대한 불안 등을 함축한 시어다. 사전 정보가 부재하고, 깊게 생각할 여력도 없는 혼사는 맹점을 드러낸다. "발설하기 민망한" "무서운 민낯"을 마주한 삶은 "슬픔을 호명"한다. 그나마 나은 것은 "까마득 먼 사랑"이 차츰 가까워지고, "하루를 늘려주는 착한 노동" 덕분에 배고픔을 면했다는 것이다. 시인은 "개발새발의 필법"과 "무모한 흘림체"를 거쳐 새로운 필체를 완성한다. 배고픔에서 시작된 이 서체 개발은 "흙이 품고 있는 속마음"과 "눈부신 숨소리들" 그리고 "하루를 늘려주는 착한 노동" 덕분이며, 이로 인해 삶의 서예를 보는 안목도 높아진다. 그렇게 하루가 가면서 삶도, 시도 논배미의 벼 포기처럼 농익어 간다.

눈썰미 좋은 사람이라면 이미 눈치챘겠지만, 시인은 자기 서사, 혹은 가족사를 농밀하고도 정밀한 언어로 다듬는다. 유안진 시인이 언급한 것처럼 "놓치고 버리고 잃고" 써왔던 "얼마나 좋은, 정겨운, 적절한 언문적인 시어들"을 적극 발굴해 활용하고 있다. 가령 글씨를 아무렇게나 함부로 쓴 것을 비유적으로 이르는 말 '개발새발', 잡초의 방언인 '지슴', 주저하지 않고 얼른 하는 동작의 '든손', 쭉정이나 잡것이 섞이지 아니한 곡물 '알곡', 돌로 만든 절구 '돌확', 덜 마른 장작 '희나리'(희아리의 방언인 희나리는 조금 상한 채로 말라서 군데군데 흰 빛깔의 얼룩이 진 고추), 괴어 있는 물을 빠지게 하거나 어떤 경계를 짓기 위하여 얕게 판 작은 도랑 '갈개' 등 점차 사라지고 있는 "발음하고 나면 혀끝이 촉촉"해지는 우리 고유어를 되살려 쓰고 있다.

특히 "할머니께서 자주 쓰시던 따스한 말" '양알'은 사전에서 찾을 수 없지만, 얌치(마음이 맑고 깨끗하거나 부끄러움을 아는 태도)의 방언인 얌통머리의 반대쪽에 놓인, "타인의 안부"를 묻는, "누군가를 배려하는", "봄처럼 따뜻한" 말이다. 시인은 이에 그치지 않고 'with', 'SNS와 SOS', 'NEED', 'DJ'와 같은 외래어의 접목도 시도하고 있다. 이 둘의 동거는 서먹하거나 불화하지 않고 그윽한 풍경을 자아낸다. 언어는 있는 그대로의 모습이나 생성을 표현하는 것이 아니라 사물이나 행동, 사유의 세계를 객관화하고 보존하려 한다는 것은 시인은 '언어의 시각' 연작을 통해 보여주고 있다.

소리만으로도 맑고 신성하여
만월에 양손을 모으는 겸손으로 시작한다

—「누렁이의 전원일기 1 — 세시歲時」 부분

쌀 뒤주 바닥바닥 진저리치는 저녁 동자
해토머리 살림살이 초련 풋보리도 까마득한데
독 낸 곱삶이로 걸신들린 고개를 안쓰럽게 넘는다

—「누렁이의 전원일기 2 — 보릿고개」 부분

낙종한 볍씨를 불리고 반지르르 적셔
무논에 못자리 기름지다
물배를 채우고 트림하는 꼴을 보니
낙종한 곡식이며 품고 있는 흙이며 싸잡아 포만이다

—「누렁이의 전원일기 3 — 곡우穀雨」 부분

엊저녁 밤새 못물 받은 물꼬인심이
두렁 가득 찰랑찰랑 넘쳐나고
다랑치까지 논물 가득 써레질하니
꺼칠하던 봄 들판이
이제야 기름 자르르 흐르는 것을

—「누렁이의 전원일기 4 — 다음 빈칸을 채우시오」 부분

삼복도 다 지낸 베잠뱅이 속으로
깔따구 덤비는 저녁참에는 체면이 대수냐
발가벗은 무당개구리가 둠벙 속으로 풍덩
소금쟁이 물방개가 엉겁결에 줄행랑이다
수런수런 여름의 경계가 흩어진다

—「누렁이의 전원일기 7 — 휴休」 부분

재깍재깍
노을의 체온이 한 달 내 뜨겁다
어제 떠오른 해와 똑같은 내일의 해
똑같은 허방에다 이런 매듭을 지어놓다니

—「누렁이의 전원일기 13 — 섣달, 허공에 매듭을 묶다」 부분

언어의 집에 거주하는 시인은 고유 시어뿐 아니라 내면의 생명성과 다양한 관계성, 농경사회의 풍속 등을 농밀하고도 선명한 문장으로 펼쳐놓는다. 화려하게 수놓은 문장의 만찬을 한껏 즐기다보면 "우주가 숨을 멈추고 잠시 묵상"(「야단법석野壇法席」)하는 듯하다. 다투어 화려한 들꽃의 문장에 현혹되지 않고 "비움으로 부레를 채우는 물옥잠"의 지혜와 서로 시비의 실마리로 끌어 일으키는 야기요단惹起鬧端의 한 말씀으로 채워놓는 것을 시인은 잊지 않는다.

제2부 '누렁이의 전원일기' 연작은 '정월대보름'부터 섣달 그믐 저녁, 즉 제석除夕에 세말歲末을 고하는 사당제祠堂祭까지 세시풍속歲時風俗을 다루고 있다. 우리 전통사회의 생업인 농사와 밀접하게 관련된 세시풍속은 한 해 농사의 풍년을 기원하고 추수를 감사하는 의례였지만, 시대변화에 따라 점차 존재감이 희미해지고 있다. 시인은 이를 회고나 재현의 방식이 아닌 행위와 진술, 기원을 명절 차례상처럼 풍성한 언어로 내놓는다. '누렁이의 전원일기'라 했지만, 시

적 화자는 누렁이(아마도 키우는 반려견)가 아닌 '나', 즉 시인 자신이다.

한 해 세시풍속의 시작은 당연히 정월대보름이다. 시인은 "나를 낮추는 명절"인 정월대보름을 "소리만으로도 맑고 신성"하다면서 부뚜막의 조왕신과 우물신, 뒤지신, 삼신께 축원기도한다. 농경사회에서는 세시풍속·농경의례도 중요하지만, 춘궁기를 넘기는 것이 관건이었다. "쌀 뒤주는 바닥"이 나고, "초련 풋보리도 까마득"하기만 하다. 초련은 일찍 여문 곡식이나 여물지 않은 곡식으로 가을걷이 때까지 대어 먹는 일이지만, 이 시에서는 무슨 일을 한번에 완전히 하지 않고 애벌로 대강만 매만지는 초련初鍊과 중의적으로 쓰였다.

청명清明과 입하立夏 사이의 곡우穀雨는 곡식이 자라는 데 도움이 되는 봄비가 내린다는 뜻으로, 이날 볍씨를 담그고 못자리를 준비한다. 시인은 곡우에 내리는 비를 "곡비의 눈물"로, 무논을 포식한 사람으로 치환한다. 판은 펼쳐지고, 올해도 풍년을 의심하지 않는다. '못물', '물꼬인심', '두렁', '찰랑찰랑' '다랑치', '써레질' 등 말(언어)이 차려놓은 진수성찬으로 시는 이미 포만하다. 하지만 호사다마好事多魔라 했던가. "생의 발아"와 "무조건의 사랑"(「누렁이의 전원일기 6 — 참척」)이 넘쳐나던 논과 밭에 양배추 값의 폭락(「누렁이의 전원일기 14 — 나비경전」)과 "벌레구멍 숭숭한 배추"(「누렁이의 전원일기 10 — 가을걷이」)로 생이 저릿해지기도 한다. 흙을 가까이하는 삶은 하늘에 의지하는, 인위적으로 할 수 없는 일로 일희일비一喜一悲하게 된다.

숲이 그냥 푸른 줄 안다
읽어버린 가지의 아픔으로 다져진 옹이
바람에 뒤집히는 울음

울음을 게워내듯 눈발은 퍼붓는데
막다른 골목에서 떨고 서 있는 별 하나
붉은 숲에 와서 화인火印을 찍는다
울먹거리는 그 부위를 도려낼 수 없다

물 길어오르던 저 푸른 길이 꺾여나간
동그란 통점
뚫어져라 응시하는 어두운 길 너머에서
꾹꾹 눌러 지우고 또 지울수록 장좌불와 푸르러지는 이름에
결국 동그라미를 친다
옹이의 상처는 아프고 새살은 조그만 바람에도 시리다

보듬고 달래주는 잎새들의 연대 뒤로
가지가 꺾이던 어떤 날을 묶어 그려진 슬픔의 등고선
읽고 가는 것은 바람의 몫이다
지워버리는 것도 바람의 몫이다

슬픔을 얇게 저며서 넘겨본
어느 장인만이 그 능선의 길이와 깊이를 안다

잊은 척 눈감아버린 슬픔의 아바타

옹이는 눈물화석이다

—「나무에 눈물화석이」 전문

언어(특히 우리 고유어)의 성찬을 베풀고, 농사와 밀접한 세시풍속을 빼어난 솜씨로 시에 녹여낸 배정숙 시의 또 다른 특징은 시적 대상에 대한 이해와 비판을 토로하는 진술 방식을 채택하고 있다는 점이다. 오규원 시인은 『현대시작법』(문학과지성사, 1990)에서 시적 진술, 특히 해석적 진술에 대해 "시적 대상에 대한 감각적 인식을 가시적으로 제시하는 것(가시화)이 아니라 직접 토로하는 것(가청화)이라는 점에서 묘사와 구분되고, 심정적 토로가 아닌 일정한 시적 대상에 대한 해석의 토로라는 점에서 스스로 대상이 되어 자기 반성을 진술하는 독백적 진술과 구분"된다고 했다.

극도로 절제된 진술과 이를 숨기려는 집요한 묘사와 능란한 표현으로 인하여 의미를 파악하기가 쉽지는 않다. 이는 달동네 동피랑의 애환이 스민 「달의 현주소」, 새들이 무화과를 쪼아먹는 비율을 다룬 「2 대 8의 구조」, 곰국을 끓이다가 들통에 눌어붙은 것을 벗기는 「황소고집을 다스리는 일」, 늦은 나이에 혼인했는데 아내가 바람을 피운 「도깨비바늘 바늘귀 꿰기」, 말랑한 풋내기와 불륜에 빠진 탕아의 눈먼 사랑 「이상고온」 등 많은 시에서 이를 확인할 수 있다. 시인은 에둘러 시적 대상 접근하다가 말미에 가서야 슬쩍 그 실체를 드러내는 시작詩作을 즐겨 사용한다.

반면 시 「나무에 눈물화석이」는 서두와 말미에서 시적 대상이 '옹이'임을 숨기지 않는다. 시인은 옹이에서 나무의 울음을 듣는다. 잘린 가지에서 생겨난 옹이에서 생겨난 상처-새살은 약한 바람에도 시리다. 나무의 눈물과 상처는 "슬픔의 등고선"을 남기고, 이는 후에 이 나무를 "얇게 저미며 넘겨본/ 어느 장인"에 의해 "길이와 깊이"를 내보인다. 나무는 바람과 추위라는 외적 환경과 옹이의 내적 상처(슬픔)를 인내해 '눈물화석'으로 굳어졌다. 배정숙의 시에서 슬픔은 적당히 화해('시인의 말')하고 되도록 멀리해야 하는 감정이지만, 슬픔을 사거나 "슬픔을 다 써버리고"(「청개구리우물에서 눈물을 거래하다」)는 다시 채운다. "서로의 배경이 되어 외눈박이 슬픔을 의탁"(「이웃으로 기울다」)하거나 "함부로 슬픔을 호명"(「먼 — 언어의 시각 1」)해 "이름만으로도 슬픔이 되"(이하 「최소한의 식음」)기도 한다. 언어가 말을 걸어오듯, 슬픔이 말을 걸어온다.

한 편의 시가, 혹은 시집이 끝까지 살아남으려면 나만이 쓸 수 있는 개성과 다른 작품과 구별되는 차별성이 중요하다. 슬픔의 문양이 비슷하거나 보여주는 틀이 비슷하다면 아무리 빼어난 장인이 지은 집이라도 유사하게 보일 수밖에 없다. 시는 결국, '나와의 싸움'이다.

현대시세계 시인선 144

불친절한 오후가 향기로울 때

지은이_ 배정숙
펴낸이_ 조현석
기　획_ 고영, 박후기
펴낸곳_ 북인
디자인_ 푸른영토

1판 1쇄_ 2022년 10월 25일
출판등록번호_ 313 - 2004 - 000111
주소_ 121 - 842 서울 마포구 서교동 460 - 34, 501호
전화_ 02 - 323 - 7767
팩스_ 02 - 323 - 7845

ISBN 979-11-6512-144-0　　03810

이 시집은 충청남도문화재단에서
출간비 일부를 지원받았습니다.

책값은 뒤표지에 있습니다.
저자와 협의 아래 인지를 생략합니다.